KB069463

숲으로 가자

숲으로 가자

김월준 시집

115

문학수첩
시인선

문학수첩

　일제강점기 때 징용하면 대개 우리 백성들이 일본탄광이나
남양군도로 끌려가서 죽거나 고생한 것으로 알고 있다. 하지
만 국외뿐만 아니라 우리 국내 탄광에서도 모든 광부들이 현
지징용이 되거나 징용으로 끌려가서 자유를 빼앗기고 노예처
럼 탄광노동에 시달리다 숱하게 목숨을 잃거나 고초를 겪었다
는 사실史實을 알리고 싶었다. 내가 1964년 대한석탄공사에 입
사하여 장성광업소에 근무했는데 그때까지도 탄광에 징용으
로 끌려왔다가, 그대로 일하고 있던 광산기술자들을 만날 수
있었다. 일제강점기 때 그들이 겪었던 생생한 증언과 자료들
을 모아 쓴 것이 시집『검은 땅 검은 꽃』이다. 그 후편으로 탄광
에 관한 연작시를 계속 쓰고 있다. 일제강점기 때 일본인들이
우리 국내 탄광에서 저지른 그들의 만행蠻行을 시로서는 다 쓸
수 없을 만큼 섬쩍지근하다.

　3·1운동 100주년에 이 시집을 내게 되어 매우 뜻깊다.

2019년 봄
김 월 준

2부

3부

4부

5부

6부

1부

꿈꾸는 나무

나무는 겨울을 기다리네
봄여름 가을까지
꽃도 한^껏없이 피워보고
잎도 푸짐하게 달아보고
가지도 쳐보고
탐스런 열매도 거둬 보지만

언제부턴가
잔잔한 파도처럼 밀려오는
허무에는 어쩔 수 없으리

버릴 것 다 버리고
알몸으로 내일을 꿈꾸는 나무는
가지마다 눈꽃을 하얗게 키우며
겨울을 즐기고 있네
시간은 굴러가는 것
철季節은 둥글다네

숲으로 가자

숲으로 가자
나무들이 손짓하고 있지 않나!

잎이란 잎은 죄다 떨구고
매서운 하늬바람,
진눈깨비 속에서도
알몸으로 모질게 견뎌온 나무들이
이른 봄날
파랗게 물든 꽃말들을 터트리더니
어느새
그 꽃말들이 무럭무럭 자라서
이제는 싱그러운 깃발을 흔들며
환호하는 저,
울울창창한
숲으로 가자

가서,

장수하늘소 호랑나비 잠자리와도 놀아주고

뻐꾸기 소쩍새 딱따구리 독수리 황조롱이 산비둘기.....

새들의 얘기도 들어주며

호랑이 반달가슴곰 늑대 너구리 여우 고라니

산토끼 다람쥐 청설모 족제비와도 사귈 수 있는

저, 풀 향기 진동하는

숲으로 가자

가서, 보면 안다

숲은 우리들 생의 얼굴이다

나무가 모인다고 숲이 되질 않는다

나무가 모인다고
숲이 되질 않는다

가까운 거리에서
정답게 얘기하며

서로가 살갑게 굴어야
울창한 숲이 된다

뒤엉킨 수풀보다
정갈한 향기 뿜는

제대로 된 나무들이
옹기종기 모여들 때

저절로 가락이 되고
흥이 되고 춤이 된다

나무를 위하여

내 안에 있는 나를
없애는 게 나무無라고

가슴에 묻어둔 거
한恨없이 풀어내고

서로를 잡아주면서
같이 가는 길 하나

말이란 함부로이
헤프게 쓰질 말라

곱게 다듬은 말씨
듣기 좋아 향기롭고

사랑도 울림과 같이
나눌수록 커진다

검은 땅 검은 꽃. 12

한 달에 한 번씩 주는 배급 날
처음엔 쌀과 보리, 귀리를 섞어서 주더니
태평양전쟁 막바지에 이르자
전쟁물자 부족으로
곡식은 온데간데 없고
창고에 쌓아 둔 썩어빠진 대두박*을
먹으라고 배급을 주었다

배고픈 조선인 광부들이 할 수 없이
썩은 대두박을 끓여 먹고
배탈이 나, 드러눕는 사고가
탄광촌 여기저기서 일어나자
일본인 광업소장이 앞세운
출근독려반원들이 탄광촌을 돌아다니며

*대두박-정유공장에서 콩기름을 짜낸 찌꺼기

일 못 간 조선인 광부들을 불러내어
몽둥이로 패대는 바람에
산 속으로 숨었다가
배가 고파 아예 탄광을 탈출하는 사태가
이어지고 있었다

소나 돼지에게도 줄 수 없는
썩어빠진 대두박을
조선인 광부들에게 먹으라고 주다니!

검은 땅 검은 꽃. 13

조선인 광부들이
탄광을 탈출하는 사태가
날로 심해지자

광부 충원에 혈안이 된 조선총독부는
"탄광에 가면 돈도 벌고 징용도 면제해 준다"고
농촌에서 일하던 조선인 농부들을
속이고 데려와, 석탄을 캐내게 하였으나
태평양 전쟁으로
늘어나는 석탄 수요를 감당하지 못하자

끝내는
중일전쟁에서 잡아 온 중국군 포로들을
수용소 같은 형편없는 숙소에 가둬 두고
매일같이,

밤낮없이,
채탄 막장으로 밀어 넣어 석탄을 캐내도록 하였다

일을 하다가
위험하고 힘이 들어
작업을 거부하는 광부가 나오면
몽둥이세례 퍼붓기 일쑤였다

검은 땅 검은 꽃. 14

·

일본 군국주의자들은
태평양전쟁 막바지에
전비戰費가 달리자
애국저축보험이란 걸 만들어
매달 주는 조선인 광부 임금에서
보험금을 강제로 공제하자
그나마 조금 주는 월급에서
보험금까지 제하고 나면
조선인 광부들은 그 돈으로
끼니를 잇기도 버거웠다

날마다
석탄을 더 캐내라고 다그치는데
굴속에서 턱밑까지 치미는
숨 막히는 지열地熱과 탄가루에

허기진 배를 움켜쥐고
더는 일을 할 수가 없었다

검은 땅 검은 꽃. 15
—놋쇠 그릇 빼앗아가다

일본 군국주의자들이
전쟁물자 대기에 바닥이 나자
집집마다 찾아다니며
놋쇠 그릇 내놓으라고
으름장을 놓다가
그마저 제대로 되지 않자
강제로 빼앗아 가기 시작했다
그래도 턱 없이 모자랐던지
화전민들이 많이 살던 탄광촌에 들이닥쳐
다락방에 숨겨놓은
조상 모시던
놋쇠 제기祭器마저 빼앗아가면서
한다는 궤변이 가관이었다
대동아성전大東亞聖戰에 바치는 공물供物이라고?
흥, 미쳐도 좀 작작히 미치지!

검은 땅 검은 꽃. 16

태평양전쟁 막바지에 와서
일제日帝는 일손이 달리자
해군 함정 연료인 석탄을
한 톤이라도 더 캐내기 위해
석탄 증산 보국報國 거창한 구호를 내세워
탄광에서는 절대 금기禁忌로 되어 있는
부녀자들까지 강제로 동원하여
장정들도 하기 힘든
갱내 노동현장에 내보내는 등
최후 수단도 마다하질 않았다

가녀린 조선 부녀자들까지
탄광 갱내 노동을 시키다니
천벌天罰을 받아도 시원찮을
아, 지독한 자들이여!

검은 땅 검은 꽃. 17
―물통사고로 마흔여섯 귀한 목숨 묻다

물통사고*가 크게 났다는 소문이
삽시간에 광산촌에 쫙 퍼지자
사택거리엔 금새 소식을 들은
조선인 광부가족들이 구름떼처럼 모여들었다

누군가가 "우리 이러고 있을 때가 아니다"
"빨리 광업소로 가보자"고 외치자
너나 할 것 없이 우르르 광업소 마당으로 몰려갔다

그때까지도 일본인 광업소장과 간부들은
구출할 엄두도 못 내고
광부가족들이 밀고 온다는 소리에
모두 피신해 버리고 없었다

*물통사고-산속, 수유지(水留池)에 지하수가 가득 차 있다가 석탄 채굴과정에서
터져 갱도를 모두 휩쓸어버리는 대형 탄광 사고.

한꺼번에 묻혀버린
마흔여섯 귀한 목숨!

조선인 광부가족들이 울부짖는 통곡소리
몇 날 며칠을 두고
탄광촌을 온통 뒤흔들고 있었다

검은 땅 검은 꽃. 18
−가스폭발사고

펑! 펑! 펑! 와르르.....
지축을 뒤흔드는 소리
가스폭발사고*!
여기저기 비명소리
갱도는 삽시간에 무너지고
세상은 아수라 하늘처럼
암흑천지가 되고 말았다
굴속에서 일하던
많은 조선인 광부들은
묻히고 타버렸는지
흔적조차 찾을 수 없었다

석탄 캐기에만 눈이 어두운

*가스폭발사고=채탄과정에서 나오는 가스가 굴속에 모여 있다가 인화 물질이 닿
 으면 폭발하는 대형 탄광 사고

일본인들이
가스측정조차 하지 않는 채
일을 시킨 것이 원인이었다

조선인 광부들이야 죽든 말든
그들은 상관하지 않았다

2부

우린 뭐 묵고 사노

적폐청산,
적폐청산 하다가
날 다 새겠다

동이 트는데
아직도
적폐청산?

우린
뭐 묵고 사노

적폐청산이 밥 먹여주나
이 바보야!

가관이다

1950년대 말
어느 과자공장 주인이
자기 공장에서 만든 과자를
정작, 자기 자식들에겐
해롭다고 주지 않으면서
동네방네 돌아다니며
자기가 만든 과자가 제일 맛있다고
떠벌리던 사람이 있었다,
요즘 탈원전 하는 걸 보면
바로 그 꼴이다.
위험하고, 비싸다고 밀쳐 내면서,
다른 나라에 가서는 한국형 원전이
가장 안전하고 값싸고 좋다며
원전건설공사 수주受注활동을 하는 걸 보면,
아이러니도

이런 아이러니가 없다.

밀쳐낸 밥상을
누가 받아먹을까?

참, 가관이다

먹자거리

먹자거리엔
밤과 낮이 따로 없다

밤은 밤대로
낮은 낮대로
먹이를 찾아나서는 짐승들이
시끌벅적
득실거린다

개중엔 사자가 있는가 하면
호랑이, 하이에나, 여우, 늑대, 악어도 있다

거리엔 사슴고기집, 양고기집, 말고기집, 소고기집
토끼탕집, 염소탕집, 곰탕집, 삼겹살집……
없는 것이 없다

입맛 당기는 대로 널부러진 먹잇감
게걸스레 먹다가 얹히는 놈
먹은 걸 다 게워놓고 게걸게걸하는 놈
시커먼 배를 움켜쥐고
거리에 나뒹구는 놈도 있다

먹자거리엔
요즘
요지경 세상이 열리고 있다

한심한 것들

도박장 잭팟이 터진 게 아니라
맹장이 터져 잘라냈다

쓸 데 없는 것을
누가 거기 달아두었을까

우리네 몸속엔
주요한 것만 사는 줄 알았는데……

거기서도 할 일 없이 빈들거리다가
말썽만 부리는 놈이 있나보다

세상엔 맹장 같은 놈들이
우글거리고 있으니
이게 골칫거리다

한심한 것들!

벼룩도 낯짝이 있지

세월이 지난 지 언젠데
아직도 세월호 타령인가,
일곱 시간 따지고, 분초를 짚어서
잘잘못을 따져 교훈으로 삼을
백서라도 만들 요량이면 모를까?
앞으로 먹고 사는 문제가 절박한데
배 타고 즐거운 여행을 가다가
만난 해난사고를 두고
한 해도 아닌
몇 년을 조사하다니
어디 말이나 될 소리인가,
해 달라는 거 다 해주고.....
이제 또 뭘 바라는가?

벼룩도 낯짝이 있지!

한심하군

책을 읽지 않던 사람들이
유독 스마트폰만 보고 있다.

지하철 안이나 거리에서,
심지어 큰길 건널목을 건너면서
스마트폰에 정신이 푹 빠져 있다.

미쳤다, 미쳤어,
어쩌자고 저러나,
삶의 지혜와 알맹이는
책에 다 있는데
그걸 외면하다니.

참, 한심하군!

개소리

먹자거리엔
요즘
개 아닌 사람이
개소리를 하고 있다

어제는 저 소리
오늘은 이 소리
마구 짖어대는 개소리에
누리가 시끄럽다

자고나면 말 바꾸는 이들
늘어나는 건
개소리 뿐이다

개 같은 사람

사람 같은 개
자리가 뒤바뀌어도 한참
뒤바뀌고 말았다

이것 참
어쩌면 좋아?

그는 떠났다

그는 떠났다
내 뼈 마디마디에 한恨을 박아두고,
숲은 아예 보지도 못하고
다복솔 몇 그루만 어루만지다가
웃음가마리가 되어 그는 떠났다
어느 날 갑자기
대처大處로 끌려나온 뱃사람답게
두리번거리다가 망설이다가
시시콜콜한 얘기에 정신을 쏟다가
좌절과 절망만 남겨둔 채
어이없이 그는 떠났다
가엾어라 가엾어라
몸뚱아리 가엾어라
머잖아 구천九天을 헤맬 외론 영혼 안고
그는 끝내 청맹과니가 되어

시궁창 냄새를 풀풀 날리며
허우적거리며, 뒤뚱거리며
서럽게, 서럽게 이 땅을 떠났다

청맹과니

그렇게 갈 것을
빈손 들고 갈 것을

왜 그런 욕심
많이도 부렸을까?

한심한 것
불쌍한 것

청맹이 따로 없다
네가 바로 청맹과니!

3부

내 마음은

내 마음은 강물이라네
말없이 흐르는 강물이라네
가다가 바위를 만나면 보듬어주고
산을 만나면 길벗이 되어
넘실넘실 얘기도 주고받으며
끝없이 흐르는 강물,
한恨 없이 흐르는 강물이
내 마음이라네
내 사랑이라네!

목월 선생

대한석탄공사 사가社歌를 부를 때마다

목월 선생 생각이 절로 난다

일천구백육십칠 년

내가 대한석탄공사 홍보담당으로 있을 때

사가를 만들기 위해

전국에 사가 노랫말을 공모公募 하였으나

마땅한 작품이 나오지 않아

그때 심사를 해 주신 목월 선생께

"선생님께서 사가 노랫말을 지어 주시죠"

내가 청탁을 드렸더니

"탄광을 알아야 지어 주지"

"그럼 좋습니다"

"현장에 모시고 가서 일일이 설명해 드리겠습니다"

"그럼 좋아" 하시며 쾌히 승낙 하시기에

그 뒤, 목월 선생과 함께 남한 최대의 탄광인

대한석탄공사 장성광업소에 내려가서
지상에서 지하 수천 미터 땅속 깊숙이 있는
굴진, 채탄 막장까지 보시고
지열이 섭씨 삼십사오 도를 오르내리는 무더운 굴속에서
그것도 탄가루가 앞을 가려
지척마저 분간 못할 극한 상황에서
자연에 과감히 도전하는
탄광근로자들의 억센 모습을 보시고
이 사람들이야말로 진정한 애국자들이라고
극구칭찬 하시면서 노랫말을 써 주신 것이
오늘날 부르고 있는 대한석탄공사 사가다
지금도 대한석탄공사 사가를 떠 올릴 때마다
목월 선생 생각이 절절하다

큰 스님
–설악당 무산 조오현 스님

"천년을 산다고 해도
성자는 아득한 하루살이떼"라고
시 "아득한 성자"에서 노래한 당신은
진정한 시詩와 성聖을 함께한 시성
영원한 시성詩聖입니다.

부디, 극락왕생하소서!

*"" 조오현 스님의 시 〈아득한 성자〉에서 차용

절간은 해우소다

어느 날
부처님이 말씀하셨다
절간은 큰일 작은일
받아 주는 곳이 아니라
근심 걱정 들어주는
해우소解憂所라고.

우째 그래 어렵노?
지당한 그 말씀이!

봄비

내렸으면 좋겠다
거칠고 메마른 가슴을
촉촉이 적셔 줄
포근한 봄비가
내렸으면 좋겠다

얼었던 강물이 풀리고
떠났던 새들이 다시 돌아와
초록빛 애기
신명나게 나누며
눈부신 새봄
맞았으면 좋겠다

오라
어서 오라!

별 보러 오셔요

별 보러 오셔요
평창에는 별들이 많아요

세계의 눈과 귀가 쏠리는
평창겨울올림픽
그 막이 열리면
세기의 별들이 다 모여
한 마당 잔치를
신명나게 벌인데요

볼만할 거요
별 보러 오셔요
평창,
평창으로!

나의 언어言語

이젠 더
입을 열게 하지 말라

함묵含黙의 심연深淵으로 가라앉은
이성理性의 앙금

언젠가
화려한 시대를 만나

비상飛翔할 그 날을 기약하며
안으로 다스린 불타는 집정執政.

승리도 패배도 없는
이 끝없는 도정道程에서

이젠
그만 잠들게 하라

그 날이 올 때까지
나의 언어여.

난지도蘭芝島

문명이 쏟아내는 쓰레기가 뫼가 된
난지도에 서면
나도 영락없는 쓰레기가 된다
통행을 가로막는 철조망에 걸린
울긋불긋한 비닐조각들이 마치
어릴 적 다니던 시골 초등학교
운동회 때 펄럭이던 만국 깃발 같이
마음 달뜨게 한다
멀리 후미진 골짜기를 타고
개미 떼처럼 줄을 잇는 청소차
먹장 같은 구름먼지 꼬리에 길게 달고
숨을 헐떡이며 올라 와서는
쓰레기를 토하기에 정신이 없다
쓰레기 때문에
죽어가는 이가 있는가 하면

쓰레기 때문에

살아가는 이도 있다

참 묘한 것 이 세상살이다

똥에게

고맙다
시원하게 술술
재밌게 나와 주워
정말 고맙다

어느 날
배가 고파 홍시 몇 개 주워 먹고
다음 날 아침
심한 변비에
끙끙대던 생각하면
아찔하다

살다 보면
탐욕의 눈꽃이 하얗게 피어
이것저것 아무거나

게걸스레 먹다 보면
배탈이 나거나
변비 날 일밖에 없나니

고맙다
착한 입,
부드러운 똥이여!

산에게 주고 싶은 것

밤마다 산이 내려와
내 곁에 곤히 잠을 자다가
새벽이면 떠나곤 한다

떠날 때는 무슨 할 말이 많은 듯
나를 바라보다가
그냥 가버리곤 한다

할퀴고, 찢기고 짓밟힌 생채기
문신처럼 아직도
전신에 살아 꿈틀거리는데

산인들 왜 할 말이 없겠는가
참아야지 참아야지
참고 살아야지

산에게 주고 싶은 것

오직

이 말 뿐이다

나이를 묻지 마

형, 올해 나이 몇이지?
아직도 멀어서
구구九九 절절*
팔팔하게 살자면!

나이야
해를 먹는 바람,
바람이야.

*구구 팔팔 2, 3, 4 (死)라는 시쳇말을 패러디(parody)한 것임

4부

추억 속에서

이 세상에 하나뿐인 경주 황남동에 갔더니
어릴 적 자취는 하나도 없었다
엄마가 성 밖에서 시집 올 때만 해도
황남동을 중리라 불렀었지
중리는 고향마을이다
중리 중에서도 밤숲이다
밤나무가 영글듯 나는 중리에서 자랐다
여름이면 능위에서
산태 타는 즐거움에 해 지는 줄 모르고
단풍이 들 때면 벌겋게 널려 있는
알밤 같은 가을을 줍기도 했었지
도굴 당한 고분 석실 틈새로 들어가
호리꾼들이 버리고 간
토기들을 들고 나와 신나게 던지면
파편이 흩어지는 그 재미에
한바탕 놀이마당을 벌리기도 했었지

인천국제공항

저 넓고 깊은 파란 하늘을 보라
휘뚜루마뚜루 하늘 길을
마음대로 훨훨 나는
인천국제공항

철새들이 드나들던 영종도에
사람 새人鳥 물새物鳥들이
하루에도 수 없이 날아들고 날아가고

만남 헤어짐이,
기쁨과 슬픔이
밀려가고 밀려오는
잔잔한 파도 속에

거대한 나래를 활짝 펴고

비상飛翔하는

저, 유연한 한 마리

푸른 새

인천국제공항을 보라!

인천 연안부두

어진 바다 위에서
일어서는 연안부두

출항을 거는 우렁찬 기관소리에
새벽은 안개처럼 걷히고
밤 새 잠을 설친 선박들이
선적船積을 목을 빼고 기다린다

꿈과 희망을 가득 싣고
떠나는 배들은
무사 항해와 만선滿船을 비는 제祭를 올리고

세계 각지에서 돌아오는 선박들은
저마다 콧노래를 흥얼거리며
신나게 닻을 내린다

오가는 나그네의 설렘과 바람 속에

하루가 저무는

인천 연안부두.

운運

아무리 보아도
보이지 않는
당신의 의사意思 위에
내리는 우수憂愁

나의 위치는
구중구만리九重九萬里
당신의 안계眼界 밖에
벗어나 있고

대안對岸의 풀꽃 같은
나의 행방을
추적하는
밀사密使를 뒤에 두고
잠적하는 저녁

거룩한 목숨의 줄기를 타고

횡행橫行하는 가도街道에

노을빛 서러운

냉혈冷血이여

비정非情이여

불꽃 튀는 전장戰場

승패를 가름할

아, 복병伏兵

지엄한 당신의 권모權謀!

집합체集合體

어떤 놈은 자연에 놀다가
어떤 놈은 현실을 파다가
어떤 놈은 꿈속을 헤매다가
파편破片, 오늘을 줍는다

파편 속에는
저마다 생김새가 다른 놈들이
눈빛을 번쩍이며
오늘의 가장자리에 앉아
호령 한다
분노 한다
광란 한다

옥돌 같이 생긴 놈도
톱니 같이 생긴 놈도

빛 같은 꼬리를 달고
환상에 잠기는 놈도 있다

기막힌 이야기란 찾아볼 수 없는
참으로 희한한 거리
광장을 나서면
고철처럼 쌓이는 수많은 오늘

오늘 속을
상처 입은 몸이 흐른다
강렬한 원색의 생명체가 뜬다

청마 선생 행적을 찾아서

일본제국자들이 이 땅을 짓밟고 있을 때
창씨개명 성화에 못 이겨
청마*선생이 가솔들을 데리고
만주에서 한 때 아픈 삶을 이어가던
중국 흑룡강성 연수현 가성촌을 지나며
청마 선생 생각에 가슴이 저민다

산이라곤 아예 찾아볼 수 없는
끝없이 펼쳐진 옥수수 밭
그 속에서 피울음을 삼키며 노래하던
청마 선생이
오늘 따라 왜 이리 그리운지

*청마 : 시인 유치환 선생 아호

하얼빈 공항에서 방정현까지
직선으로 뻥 뚫린 고속도로로
한 없이 달리는 지루한 차속에서
청마시집 『생명의 서』를 읽으며
선생의 행적을 찾아가고 있었다

말씀

경주 쪽샘*에 가면
청마 선생 말씀이
아직도 살아 있다

어느 날 누군가 술자리에서
청마 선생께
술을 즐기시는 이유를 물었더니
"술은 마음을 세탁하지" 하시던
대인大人다운 말씀이
그 호탕한
웃음소리와 함께
술자리의 명언名言이 되어

*쪽샘 : 경주 황오동의 옛 지명

아직도 살아 있다
경주 쪽샘에 가면!

꽃비

비는 오지 않고
비만 내린다

비정, 비리, 비행
비합법, 비합리, 비상식, 비인간……

세상엔
비非가
왜 이리 많을까

정상과 비정상이 부딪치며
여기저기서
정상正常이 비명悲鳴을 지른다

왔으면 좋겠다

이젠 정말
왔으면 좋겠다

어머니
품 안 같은
포근한 단비가
파란 꽃비가!

고맙다 이야

이齒야, 고맙다
이 나이 되도록
탈 없이 견딘 너.

먹성이 좋아
이것저것
게걸스레 먹다보면
배탈이 나거나
이빨이 부러지고
잇몸이 상할 수도 있는데

용하게 참아준
너, 정말 고맙다

탐욕이

춤을 추는 세상에……

5부

원점 原點

매일같이 숨 가쁘게 내달리며
내일을 준비하지만

한참
지나서 보면
그 때 그 자리에 다시 와
있다

돌다가
맴돌다가
끝나는 게 우리들 생生일까

세상은
둥글다!

아침

일월日月을 따 담는
계절 앞에 서면

나는 어느새
바람이 된다

배려配慮처럼
곤욕困辱처럼

올마다 밴 인습因襲
머리부터 빗질하며

아, 밝은 웃음으로
터져 나오는
쾌청快晴, 쾌청, 쾌청!

연가戀歌

이른 아침부터
매미가 애타게
사랑노래 부르고 있다

이 세상에선,
사랑만큼 귀한 게 없다고
귀가 따갑도록 사랑, 사랑, 사랑. 사랑......
온통 사랑타령이다

거기,
뉘 없소
사랑 할 사람!

완행열차

정처 없이 떠나는 여행에는
완행열차가 안성맞춤이다

역마다 오르내리는
아낙네들의 구수한 사투리며
차창이 쉴 새 없이 펼쳐주는
풍경이 이채롭다.

자동차 여행에서는
만날 수 없는
시골 사람들의
흙냄새 묻어나는 얘기며
산골마을 나물 인심 같은
풋풋한 정이 가득 넘친다

정처 없이 떠나는 여행에는

아무리 타 봐도

질리지 않는

완행열차가 안성맞춤이다

일몰^{日沒}의 노래

뉘라 알리
가슴에 여울 짓는 노래를

뜨겁고 역겨운 입김이
넘실넘실 넘쳐오는

이 찬란한
저녁노을.

난 몰라
나는 몰라.

가슴에 묻어 둔 비망록^{備忘錄}에
퀴퀴한 냄새만 풍기고

공허한 이야기에
숱한 날을 보낸

아, 맹랑한
우리들 시대
나의 일상日常.

오늘을
어떻게 적어야 할까

어떤 예언

십팔 대 대선을 앞두고
어느 예언가가 말하기를
"안은 안 하고
　문은 문 닫고
　박은 대박 난다고...."

선거 하던 날
오후 늦게 투표를 마치고
집에 돌아와
따끈한 물에 목욕을 하고
깊은 잠에 빠져 있는데
바깥에서 와! 하는 소리에
눈을 번쩍 떠보니

세상은

어느새

붉은 목도리로 물결치고 있었다

윤倫

무너져 내리고 있다
옛날 옛적에 견고하게 쌓은 성城이
지금
찬란하게 무너지고 있다

세기世紀의 화기火器는
파국을 토하고
청년의 나라에서 울려오는
풍금소리
탄주彈奏한다

듣고 싶어라
새 세대의 기수旗手가
행진하는 소리

시나브로 삭아지는
계율 속에
불사不死의 언어가
등불을 켜도

너무나 저돌적인
너무나 오만한

또 하나의 내란內亂
또 하나의 반정反正

고도古都엔
음지陰地만 있을 뿐이다

생명의 노래

버리지 마, 버리지 마
이 세상에 하나 뿐인
무엇과도 바꿀 수 없는
존귀한
목. 숨.

영혼아 노래하라
삶이 아플수록
꿈과 희망
몸짓으로 노래하라

싸이*처럼
싸이처럼

*싸이=말춤으로 세계적으로 유명해진 한국 가수

일어서는 산山

밟으면 엎드리고
소리치면 물러앉던
산이 언제부턴가
일어서고 있다

산정山頂을 바라보며
오르기만 하고
내려올 줄 모르는 이들을 향하여

꾸짖고
호통 치며
일어서고 있다

무서운 바람으로
밀어내고 있다

경주 황남에 가면

경주 황남에 가면
내가 그리던 내 모습이 있다

동에는 동천
서에는 서천
남에는 남천
북에는 북천이
에돌아 흐르던

그 중심, 중리*에 가면
내가 꿈꾸던 백년의 미소
천년의 강물이 흐르고 있다

그게 바로!

*중리(中里) - 황남동의 옛 지명

6부

소리

소리 나는 소리만
소리가 아니다

소리 없는 소리도
소리다

귀를 닫아라
마음을 열어라

창을 열어 주십시오

마리아
당신의
창窓을 열어 주십시오

무딘 손들이 닿지 않을
아득히 먼 골짝
다사롭게 밝아 오는 체온으로
굳게 닫힌
당신의
창을 열어 주십시오

하늘같은 그 무한한 자비慈悲처럼
가슴에 흥건히 젖어 올
당신의
창을 열어 주십시오

어둠이 오기 전에
더운 피가 식기 전에

우리들 음성이 닿게 할
은총 같은 손길로
당신의
창을 열어 주십시오

하느님 오, 하느님

하느님
사람에게는 화평을
짐승에게는 자비를,

절망하고 좌절하는 이에게는
한 줄기 빛
한 마디 말씀을,

한 시대를 맨몸으로 지고 가는
아파하는 이에게는
혜안慧眼과 예지叡智를,

영혼이 목마른 이에게는
싱그러운 생명수를,

높고 엄하신
당신의 권능으로
지금 보여줄 때가 왔습니다

하느님
오, 하느님!

파스칼 성인^{聖人}

문학청년시절 "팡세"를 읽다가
파스칼 성인을 만났다

한 동안, 파스칼 성인의 명언,
"사람은 생각하는 갈대"란 말에
흠뻑 빠지기도 했다

파스칼 성인은
수학자, 물리학자, 철학자, 신학자였다

그 뒤,
내가 천주교에 몸을 실으면서
파스칼은 내 신앙의 이름이 됐다

*팡세 = 파스칼 성인의 저서

파스칼 성인!

당신을 존경합니다

그리고 당신을 사랑합니다

새해는 하늘에서 내려온다

새해는 시간이 안겨주는 꽃이 아니라
하늘에서 내려온다
새롭게, 새롭게 다시 태어나라고
하늘에서 내려준다

얼굴에 빛을 받으면
빛나는 얼굴이 되고
가슴에 빛을 안으면
눈부신 가슴이 된다

빛은 하늘에서 온다
빛을 안은 이들이 많아야
신명난 일터가 된다

자, 이제 저마다 새해의 빛을
한 아름씩 안고
삶터로 달려가자
가서, 싱그러운 빛을 뿌리자
새롭게, 새롭게 다시 태어나자고
새해를 다짐하며 마음껏 뿌리자

빛을 받고, 빛을 안은 이들이
일터로, 일터로 내닫을 것이다

가서, 신나게 캘 것이다
우리들의 빛나는 희망을,
우리들의 옹골찬 소망을!

기적은 하늘이 내리는 축복이다

새해는 흰 소를 타고 내려온다
인간의 탐욕이 몰고 온 하늬바람
온 누리 곳곳을 할퀴고 있어도
흰 소는 말없이 뚜벅뚜벅 걸어가고 있다
매서운 칼바람을 헤치고, 희망의 새벽길을 찾아
마치 불도저처럼,
온갖 벽을 부수고 밀어내고 있다

줄기찬 도전 앞에 내일은 열릴 것이다
오늘 이 아침, 우리 모두 새맘으로
다시 일어나야 한다
우리에겐 절망할 순간도, 좌절할 시간도 없다

오로지 도약의 날개를 달고
삶터로, 삶터로

훨훨 내달릴 뿐이다

가서, 우리의 소망은 바로 이거라고,
몸으로 보여주자
몸은 몸짓을 낳고,
몸짓은 눈부신 기적을 만들어낼 것이다

기적은 신기루가 아니다
준비하는 일터
땀 흘리며 채비하는 이에게 내리는
하늘의 축복이다

영광의 길
−사제 서품 40년, 김용환 신부님

사제司祭는 하늘이 내려 준
우리의 천사,
사제는 하늘의 말씀을 전하는
우리의 꽃입니다

외롭고 고달픈 사제의 길 40년!
말없이
참하게 걸어오신
김용환 요한세례자 신부님,
존경하고, 사랑합니다

앞으로 사제 서품 50년, 60년, 70년……
하늘에 닿기까지
아무리 험한 세월의 파도가
끊임없이 밀려와도

우리와 함께 합시다

오늘같이 기쁜 날
오늘같이 좋은 날

우리 모두 다 함께
축배를 듭시다!
축하를 드립시다!

우리 선생님. 1

우리 선생님은
꽃을 가꾸는 사람.

옹기종기 모여드는
우리 반 친구들을
선생님이 이름을 부르면
모두가 꽃이 된다
꽃밭이 된다

선생님은 어느 새 나비가 되어
나폴나폴 날아다니며
꽃밭에 모인 꽃들을
일일이 쓰다듬고 안아주면
예쁜 꽃들도 방긋방긋
웃으면서 안긴다.

꽃밭에서 노는 나날이
즐겁기만 하다.

선생님
우리 선생님!

우리 선생님. 2

우리 선생님은
나무를 가꾸는 정원사이예요

교실에서 자라는 어린 나무들이
선생님만 보면
저마다 고개를 들고
방긋방긋 웃어요

선생님의 손길이 닿기만 해도
쑥쑥 자라는 어린 나무들

"예쁘게, 예쁘게 자라만 다오"
선생님의 따뜻한 눈빛이 기도가 되어
하늘을 울려요

우리 선생님은

뛰어난 솜씨를 가진

훌륭한 정원사이예요

겨울

가랑잎이 또르르
숨 가쁘게 달려와
겨울을 알린다

아이 추워,
아이 추워,

어느새
개구리도 땅속 깊이 파고들어
겨울잠을 꿈 꾼다

다람쥐는 냠냠
가으내 모아 둔 도토리로
가족들과 즐겁게 나누어 먹으며

벌써부터
봄이 오는 길목을
지키고 있다

석공石公 동창생

학교를 3, 4년만 다녀도
동문이니, 동기생이니 하면서
평생을 따라다니며 도움을 주고받는데
하물며, 우리는 대한석탄공사에서
짧게는 10년, 길게는 30년이 넘도록
생과 사를 같이하며
기뻐할 땐 기뻐하고 슬퍼할 땐 슬퍼하며
한마음 한 뜻으로 살아온 우리를
어찌 석공동문이라 부르지 않을 수 있으리

초등, 중등, 고등, 대학보다
훨씬 진한 것이 석공동문이다
장성, 도계, 함백, 영월, 화순, 은성,
성주, 나전, 화성 등지에서
우리의 꿈과 희망을 키우며

청춘을 불사르던 그 곳이
우리의 삶터였음을 잊지 말자

석공동문들이여
우리, 이 세상 다하는 날까지
아름다운 우정,
향기롭게 나누며 살아갑시다!

푸른 불, 검은 빛의 노래
– 詩歷 60년, 김월준의 시세계

김 석 (시인. 퇴계학회 회원)

1. 삼각구도의 초기 시 세계

시력 60년 시인 김월준은 1963년 조선일보 신춘문예에 시조 〈항아리〉가 당선되어 문단에 나온다. 같은 해 자유문학에 시 〈제 삼무대〉를, 3년 뒤인 1966년 동아일보 신춘문예에 시조 〈나무〉 가 당선되었다. 참으로 어렵고 좁은 문, 신춘문예와 문예지를 통해 3년에 걸쳐 시인으로 그의 탄탄한 입지를 다지며 시력詩歷 60 년, 오늘에 이르고 있다.

지금도 그렇지만 당시 문학 지망생들은 신춘문예를 통해 문단에 나타나는 것을 무척 영광으로 여겼다. 그러나 그것은 하늘의 별 따기와 같았다. 필자도 몇 번 투고해 보았지만 그 문을 통과하는 일이 얼마나 어려운 길인가를, 그리고 스스로를 얼마나 좌절하게 했던가를 경험했었다. 그러나 시인 김월준은 그 어려운 신춘문예의 문을 두 번이나 두드려 당선되었다. 뿐만 아니라 50~60년대

《현대문학》과 우리 문단의 다른 편에서 문학을 이끌었던 《자유문학》을 통해 시 〈제삼무대〉를 선뵘으로 당시의 문단을 놀라게 했고, 젊은 나이였지만 시단에서 시인으로 당당한 자리를 차지하게 되었다.

등단시절 김월준의 세 편의 시는 필자가 그의 시 세계 첫 소제목을 삼각구도라 정한 이유가 된 안정된 시들이다. 세 편의 탄탄한 바탕으로 시 세계와 시 정신이 오늘의 원로시인으로 김월준의 안정된 삼각형 구도의 시 세계를 이루며 지탱하고 있다. 나는 60년 전 그의 초기 시 세 편을 읽다가 잘 익은 시조 때문이기도 했지만 한서 예문지의 시언지詩言志, 모시毛詩가 말하는 시의 정의가 떠올랐다.

모시毛詩의 서두다. 시란 뜻이 나타난 것인데 마음속에 있는 것이 뜻이고 그 뜻을 말로 표현할 때 시가 된다. 감정은 소리로 나오고 소리는 문채文彩를 이루는데 이 문채를 시가 지닌 음律이라 한다. 좋은 세상의 소리는 안락함의 시로, 어지러운 세상의 음은 원망과 분노의 말이 시로 표현된다. 필자가 보기에 김월준의 시조 〈항아리〉는 모시가 말하는 앞의 경우고, 시 〈제삼무대〉는 뒤의 경우이다. 1963년 두 시를 두 축의 시 정신으로 탄생한 것이 1966년 동아일보 신춘문예 당선작 〈나무〉다. 〈나무〉는 김월준의 두 축인 〈항아리〉와 〈제삼무대〉의 그의 시 정신을 땅에 뿌리를 내리게 한 시이다.

필자가 보기에 김월준의 이번 시집 《숲으로 가자》는 이런 시인의 삼각구도 시 정신을 토대로 하여 깊은 시심을 쉽게 쓴 시들이다.

지금은 SNS를 통해 시라는 이름의 사이비 언어들이 양산되어 활개를 치는 세상이 되었다. 때문에 삼각구도의 정형으로 시의 세계는 젊은 시인들의 입맛에는 맞지 않을 수도 있겠지만 필자의 생각은 꼭 그렇지만은 않다는 생각이다. 그래서 김월준의 정형으로 시 정신과 깊은 생각, 쉬운 시의 세계는 필요하며 유익한 시집이란 생각이다. 지금 우리 시단은 미세먼지 속의 기침처럼 퍼져 있는 임기응변, 우연, 환상, 난폭한 결합으로 언어유희, 뒤엉킨 언어조립으로 시어들이 범람, 난수표 같은 시들 때문에 분명 《숲으로 가자》 김월준의 시집은 한 그루 시원한 나무가 되고 숲으로 안내하는 길잡이가 될 것이란 생각이다. 또 시 본래의 수사입기성修辭立其誠으로 형식과 내용의 조화를 위한 삼각구도 안정감으로 시가 절실하다는 시인들도 많을 것이다. 예문지의 시의 정의와 모시의 서두 말처럼 시의 정신과 형식과 내용의 조화를 이룬 1963~6년의 김월준의 신춘문예 당선 시조 2편과 시 1편이다.

/한량없이 담고 싶은/부풀은 가슴 결에//주름진 시름마저/여울져 번져가도//비취翡翠빛 그리움 속에/웃음 짓고 싶어라//살결은 곱게 익어/상감청象嵌靑 돋아나고//말 없는 입술에도/사려담은 푸른 사연//영원을 향한 그 울음/나래 치는 저 청학靑鶴!

　　　　－1963년 조선일보 신춘문예 당선작 시조, 항아리

종장 청학으로 은유된 청자 항아리의 탄생은 흙이 반드시 1300도의 불 맛을 본 후 빛으로 탄생된다. 시인의 항아리는 민족 얼의 표상으로 고려청자의 청초한 맛을 형상화한 것인데 구도의 긴장미가 잘 구사된 시조이다. 미국의 신비평가 부룩스는 절제된 구도의 잘된 작품을 잘 빚은 항아리라 했는데 부룩스의 말에 잘 들어맞는 작품이다. 필자는 시조 〈항아리〉를 읽다가 마음을 폭 감싸주어 당시 심사위원이 어느 분이었느냐고 김월준 선생에게 여쭈어 보았다. 일석ᅳᅙ 이희승 선생이시라 했다. 필자가 현대문학 수상식에 참석했을 때 늦게 오시어, 당시 사회를 보았던 감태준 시인이 단상으로 오르기를 권했지만 굳이 사양하시고 내 곁에 조용히 앉아 계셨던 일석ᅳᅙ 선생님, 혹 그 때의 심사평을 기억하거나 스크랩한 것이 있으면 알려달라고 했다.

　김월준 시인이 내게 보내온 심사평의 일부분이다.

　　"김월준의 시조 〈항아리〉는 본격 문학으로서의 그 솜씨를
　　유감없이 발휘한 빼어난 작품이다. 더욱이 '영원을 향한
　　그 울음/나래치는 저 청학!'은 참으로 싱싱하고 훤칠한 멋
　　진 표현이라 아니할 수 없다."

　　다시는/ 그 피의 노래/들려주지 말아다오//어쩔 수 없어
　　올린/깃발이 아니던가//아수라 하늘처럼/핏꽃, 여울짓던
　　광장에.../막이 열린다/꽹과리/ 징소리/울려 온다//시름겨

운 가슴들/푸른 환희 바라는데//온 누리/휘어잡을 영혼/
가락이여 넘쳐라//화려한 가면극에/들뜬 박수로 맞이할//
눈도 귀도/외면한지 오랜/노을진 산하山河//사변思辨은/불
가사리인양/징글맞게 웃는다

                             −1963년 자유문학 신인상 당선작 시, 제삼무대

   시 〈제삼무대〉는 시인이 1960년대 민주화 과정에서 보고 겪으
며 좌절했던 그 시대의 상황을 제재로 한 시이다. 이런 고난과 좌
절의 시대와 현실을 두고 폴란드의 시인 베르하렌의 말이다. "평
화로운 때 시인은 문화의 장식품이지만 나라가 위기에 처했을 때
는 예언자가 되어야 한다." 필자도 그 때 대학교 1학년이었기 때
문에 시인의 〈제삼무대〉를 나름대로 공감하고 있다. 그리고 시인
의 이 〈제삼무대〉의 현실인식으로 시정신은 그가 몸을 담았던 대
한석탄공사 시절, 광부들의 체험을 담은 일련의 시들과도 그 맥락
이 통하고 있다. 위에 예로 든 두 시 정신은 3년 뒤 다시 그가 동
아일보 신춘문예에 당선된 시조 〈나무〉의 시인의 시 정신에 포섭,
수용되며 김월준의 시인으로 그 진가와 자리를 더하고 있다.

   당송팔대가의 시인 소동파의 말이다. '식탁에 고기가 없을 수
는 있지만 대나무가 없을 수 없다. 고기가 없으면 사람이 마르지
만 대나무가 없으면 사람이 속된다. 사람은 마르면 고칠 수 있으
나 속된 사람은 고칠 수 없다.' 소동파의 이 말은 항상 단정한 외
모와 겸손한 말법의 시인 김월준, 그의 시인됨으로의 한 길 60년

시 정신과 통하고 있다.

 김월준의 시력 60년, 그의 시에는 성령性靈으로 청학의 날개처럼 청자 항아리를 민족의 넋으로, 조국의 지금이 철의 삼각지대라는 현실에 대한 성찰과 그 인식이 식지 않고 간직되어 있다. 이번 시집의 제목이 《숲으로 가자》이기 때문에 숲의 중심에 나무는 서 있어야 하고 굳건히 서 있는 시 〈나무〉를 예로 김월준의 삼각구도처럼 시력 60년의 길을 짚어보려고 한다.

> 조상들 잊을 수 없어/어린것들 버릴 수 없어//한 겨울 모
> 진 바람/진눈깨비 속에서도//상하常夏의 나라 다 두고/지
> 켜 섰는 이 터전//난 몰라 언제부터/여기, 뿌리박은 지를//
> 자라고자라고 싶은/애끓은 발돋움에//깊은 맘 울릴 얘기
> 로/기도하는 푸른 분수噴水!
>
> 　　　　　　 –1966년 동아일보 신춘문예 당선작, 나무

 2연의 한 겨울 모진 바람과 진눈깨비 속에 섰다기보다 박혀서 기도하는 푸른 분수噴水같은 나무, 나무는 시인 김월준의 은유이다. 그래서 4연의 자라고자라고 싶은 애끓는 나무처럼 시인은 바람과 진눈깨비를 견디며 나무처럼 시의 뿌리를 땅에 깊이 내리고 있다. 김월준 시인이 넘겨준 시집 원고 첫 장 〈시인의 말〉을 읽고 넘기자 〈꿈꾸는 나무〉라는 제목의 시가 있었다. 읽은 뒤 이 시는 시인의 자화상처럼 보이는데 내가 잘 보았느냐고 김월준 선생에

게 전화를 했다. 그렇다고 했다. 60년 전 그 때 푸른 분수같은 나무 김월준은 시력 60년 지금도 나무의 꿈을 놓지 않고 겨울바람 속에서 꿈꾸는 나무로 버티며 꿈을 키워 온 것이다. 시의 중심에 자리를 잡고 있는 이미지란 말보다 성령性靈의 말씀으로 꿈꾸는 나무를 살펴보자.

나무는 겨울을 기다리네
봄 여름 가을까지
꽃도 한限없이 피워보고
잎도 푸짐하게 달아보고
가지도 쳐 보고
탐스런 열매도 거둬 보지만

언제부턴가
잔잔한 파도처럼 밀려오는
허무에는 어쩔 수 없으리

버릴 것 다 버리고
알몸으로 내일을 꿈꾸는 나무는
가지마다 눈꽃을 하얗게 키우며
겨울을 즐기고 있네

시간은 굴러가는 것

철季節은 둥글다네

-〈꿈꾸는 나무〉 전문

1연에서 나무는 겨울을 기다린다고 했다. 왜 봄과 여름, 그리고 가을이 아닌 겨울나무로 겨울을 꿈꾸며 기다린다 했을까, 왜 겨울을 기다려 겨울을 지켜 섰는 맨살의 겨울나무라야만 했을까, 필자는 시를 읽다가 문득 체로금풍體露金楓으로 겨울나무와 시인의 오늘까지를 생각했다. 체로금풍이란 말은 선승禪僧 운문이 절이 있는 산 속의 가을이 오고 단풍이 지천으로 떨어졌던 때 생긴 화두이다. 잎들이 심연深淵처럼 떨어지던 모습을 보다가 운문문언雲門文偃 문하의 한 시자侍者가 선사 운문에게 물었다. '단풍이 떨어지면 저 나무들은 어떻게 되나요? 잎이 떨어지면 몸이 들어 나게 되지'라고 운문은 답을 했다. 단풍이 떨어진 뒤의 나무의 몸처럼, 실존이란 현존재로 던져진 존재로 나와 너를 말한 것인데 운문의 체로금풍의 화두는 김월준이 말하는 현존재로 겨울나무요, 시인의 모습이다.

1연의 기다림으로 봄과 여름 가을의 풍성의 결과를 2연의 허무라는 말이 받고 있다. 우리가 흔히 쓰는 허무라는 말은 표피적 니힐리즘이지만 시인이 말하는 여기서 허무는 잔잔한 파도가 몰려오는 내밀한 곳과 터로 허무이다. 때문에 허무는 선불교나 노자가 말하는 진공묘유眞空妙有의 공간으로 허무요, 우리의 말로는 희비로 채워졌던 내 것이 사라진 뒤의 '빈탕 한데'뜻으로의 허무다.

채우고 싶은 내 마음을 먼저 비우고 비어 두어야 한다는 진공묘
유眞空妙有로 시인의 시 세계, 필자는 문인들 단체모임이나 사적인
자리 등 여러 번 김월준 시인과 함께 한 일이 있었다. 그럴 때면
그는 말을 머금고 있는 듯 보였지만 말을 하지 않았고 상대의 말
은 경청하는 모습을 보았다. 2연과 3연 내용은 이런 시인으로 지
나온 60년 그가 머금고 있었던 말을 몰려오는 파도, 눈꽃을 즐기
는 가지들 비유되는 진공묘유 시인의 말은 4연의 둥근 철季節, 계
절과 연륜에 맡겨두고 있다.

철이 들자 세상을 뜬다는 말도 있지만 여기서 철季節은 중의법
이다. 철은 철듦으로 사람의 철이면서 4계절처럼 돌아가는 자연
의 이법에 순응하는'둥글다'이다. 즉 둥글다는 철은 시종여일이면
서 원융무애의 세계다. 끝과 처음이 윤회와 종시終始의 꿈꾸는 나
무의 세계이다. 노년이면 누구나 겪고 안타까워하는 삶에의 미련
을 나무가 자연의 이법에 순응하듯 우리도 따라야 한다고 시인은
말하고 있다. 즉 김월준이 꿈꾸는 나무를 은유로 시경詩境 60년,
그의 오늘까지를 말하고 있다.

내 안에 있는 나를
없애는 게 나무無라고

가슴에 묻어둔 것
한恨없이 풀어내고

서로를 잡아 주면서
같이 가는 길 하나

말이란 함부로이
헤프게 쓰질 말라

곱게 다듬은 말씨
듣기 좋아 향기롭고

사랑도 울림과 같이
나눌수록 커진다

-⟨나무를 위하여⟩ 전문

앞에 든 시처럼 ⟨나무를 위하여⟩도 유연한 리듬감을 견지하고 있지만 이 시는 가벼운 언어유희를 곁들이고 있다. 나무(나無) 이 중구조는 나 없음과 나무木의 언어유희의 화두를 만들었다. 필자는 성서를 바탕으로 동서사상사를 섭렵하게 된 것은 현재 선생의 도움과 일깨움이었다. 한 날 현재선생은 '나 없음' 즉 나무無의 깨침을 알려 주었다. 나 무無는 선문답에서 연기煙氣=緣起가 나야 밥도 되지만 연기煙氣의 내가 나가고 연기緣起가 잘려야 나와 나라가 된다는, 시인에게 직관의 중요성을 새삼 깨쳐 주었다. 아마 선배시인 김월준도 현재 선생의 말씀과 이심전심이랄까 직관으로 나무를 보며 생각하다가 '나 무無'煙氣=緣起란 말처럼 내가 없어지고 나가야, 나는 나무가 되고 나무가 내가 되는 둘 하나 조화를 생각하다가 시를 낳았으리라.

시를 쓰는 일은 죽비를 맞으며 깨달음이랄까, 이처럼 나라는 것이 있기는 있지만 알 수가 없기 때문에 불교는 깨달아야뿐 한다는 말을 썼을 것이다. 내 몸의 나란 물과 불이 지나가는 하나의 길이요, 또 거죽 나의 피나 살이 나라고 할 수 없다. 즉비即非의 논리를 적용하면 나 아닌 것이 나란 말이다. 지금 판 갈림 시들과 문단 패거리, 우리의 정치를 보면서 나는 '내가 나가야 나라가 된다.'는 말은 그 뜻이 너무 크고 유효하기 때문에 잘 지켜지지 않고 있다는 생각이다. 나 없음의 나무無를 김월준은 '말이란 함부로이/ 헤프게 쓰질 말라'는 직접화법으로 나라의 말법을 세우고 닦아 글을 쓰는 修辭立其誠, 繫辭 文言傳 시인들에게 경종을 했다. 그리고 갈대처럼 말놀이로 세상의 언론들과 특히 열린 혓바닥 정치가들과 직업종교가들의 버르장머리 없는 언어법을 힐책하고 있다.

2. 검은 땅 검은 꽃의 시 세계

〈시인의 말〉에 김월준은 1964년 대한석탄공사에 입사하여 장성광업소에 근무했다. 그가 입사했을 당시에는 일제에 의해 강제로 탄광에 끌려갔다가 그대로 일하고 있는 광산의 기술자들을 만날 수 있었고 그들의 얘기를 들을 수 있었다고 했다. 필자는《검은 땅 검은 꽃》이란 시집을 받아 읽은 적이 있지만 이번 시집 속에도 번호를 붙인 연작으로 시를 접해 보았다. 연작시 "검은 땅 검은 꽃"을 읽다가 한용운 선생의《님의 침묵》시집 중 "당신을 보았습니다"의 "민적民籍이 없는 자는 인권이 없다, 인권人權이 없는 너에게 무슨 정조貞操냐."라는 구절이 떠올랐다. 필자가 5년 전, 11월 플라타너스 잎 흩날리던 날 일본 대사관 앞의 데모대에 잠시 섞여 목청과 손을 빈 하늘로 디밀었던 모습도 떠올랐다.

아직도 미결인 채로 우리와 일본 사이의 강제 군수공장 노동자 문제와 탄광광부의 문제, 종군위안부란 미명으로 강제징집녀 사건 등, 특히 시인 김월준은 젊은 시절 대한석탄공사의 홍보 관련 사원으로 많은 시간을 보낸 사람이다. 그래서 흔히 막장인생이란 말을 누구보다 잘 알고 직접 눈으로 보았고 이와 관련된 시들을 많이 써 온 시인이다. 시집 속의 일제치하 광부들의 어려움에 대해서 쓴 시들 중 한편의 시이다.

펑! 펑! 펑! 와르르……
지축을 뒤흔드는 소리
가스폭발사고!
여기저기 비명소리
갱도는 삽시간에 무너지고

세상은 아수라 하늘처럼
암흑천지가 되고 말았다
굴속에서 일하던
많은 조선인 광부들은
묻히고 타버렸는지
흔적조차 찾을 수 없었다

석탄 캐기에만 눈이 어두운
일본인 간부들이
가스측정조차 하지 않은 채
일을 시킨 것이 원인이었다

조선인 광부들이야 죽든 말든
그들은 상관하지 않았다.

-〈검은 땅 검은 꽃 18〉 전문

첫 행의 펑! 펑! 펑! 와르르……는 일제치하 한 탄광의 가스폭발 사건을 제재로 한 시이다. 그러나 이 말은 안전불감증이니 인재라 는 옷으로 갈아입고 지금도 우리 사회 전반에서 많이 듣고 있다. 이런 사건이 터지면 대기업주인 나, 또 정부 관련부처, 잘못은 외 주를 준 대기업보다는 외주를 받은 이들의 잘못과 부주의라 몰아

세우고 만다. 필자는 김월준의 현장체험을 바탕으로 쓴 지하갱도 석탄채굴의 불 보듯 뻔한 실상의 상식과 보통의 현장체험의 시를 읽으며 가슴이 먹먹했다. '늘' 또는 '항상'이라는 말과 '두루' 그리고 널리 라는 의미로 상식과 보통의 말이 얼마나 우리 사회 전반에서 그 때만을 모면하려는 허울로 끝나는지를 소가 되새김 하듯 다시 나는 나를 씹어 보았다.

적폐청산
적폐청산 하다가
날 다 새겠다

동이 트는데
아직도
적폐청산?

우린
뭐 묵고 사노
적폐청산이 밥 먹여주나
이 바보야!

-〈우린 뭘 묵고 사노〉 전문

지금 우리 사회는 온통 큰 그릇으로, 큰 나무로 어른이 없고 있어도 모실 줄 모르는 큰 병에 걸려 앓고 있다. 스스로 진보논객이라 말하는 이들까지도 우리나라 아이들은 땅 위에서 가장 버릇이 없고 인사성이 없는 아이들이란 말을 던지고 있다. 박정희 대통령이 먹고 사는 문제에 대해 고심에 고심을 하다가 일본을 상대로 하여 일제치하 우리 민족의 피해를 두고 우리나라와 일본과의 제1차 한일협상을 할 때의 일화다.

우리나라의 협상대표들과 일본의 협상대표들이 난상토론까지 하면서 자기 나라의 국익을 위해서 우리는 더 받아내고 일본은 덜 내어주려고 협상하던 때였다. 양국 대표들이 자기의 국가를 대표하여 밀고 당기며 협상하는 긴박한 자리에서 듬직한 나이의 한 일본의 대표는 시종 웃는 얼굴로 회의장에서 말이 없었다.

양국의 대표회담이 끝나자 현장을 취재했던 한 일본 신문기자가 말이 없었던 그 분에게 질문을 던졌다. 당신은 왜 일본의 대표로 참석했는데도 아무 말도 하지 않고 자리만 채우고 있었느냐고, 기자의 힐난조 질문에 듬직한 나이의 그 일본대표 말이었다. 내가 가르친 제자들이 두 나라의 대표가 되어 자기 나라의 국익과 체면을 위해 최선을 다하는 자리에서 내가 무슨 말을 그들에게 하겠느냐고, 일본은 이처럼 우리나라 협상대표들의 면면을 보고, 우리 대표들의 대학 은사를 그 때의 협상 지렛대로 이용했던 것이다.

살아 있는 목숨들은 그렇지만 우리의 말버릇 중 버려야 할 것으로 '먹는다'는 말과 '죽겠다'는 말을 들 수 있다. 목구멍이 포도청이다, 사흘 굶으면 담을 넘지 않는 자가 없다. 지금의 me to의 문제도 먹는다는 표현으로, 70년 초 4전5기四顚五起의 홍수환의 "엄마나 나 챔피언 먹었어."까지, 지금은 먹는 문제로부터 해방되어 있는 데도, 맛이 있으면 있고 없으면 없는 것이지 TV는 반질한 여자 아이들의 입술을 통해 화색분자의 수식어 '~맛있는 것 같아요'로 발뺌하는 말버릇은 더욱 심해졌고, '먹방'이란 말까지, 그만큼 사람에게 먹는다는 문제는 중요한 것이다.

우리가 먹고 먹여야 하는 밥, 세 끼니의 밥을 지을 때는 물과 불이 필요하다. 밥은 물과 불과 쌀알의 삼각관계이다. 밥이 되기 위해서는 반드시 물과 불의 조화가 필요하다. 또 풀이 자라기 위해서도 빛으로 불과 물이 꼭 필요하다.(우리말 자음 입술소리 ㅁ, ㅂ, ㅍ) 물과 불은 상극으로 원수의 관계지만 밥을 위해서는 물과 불은 상생과 상보의 관계를 유지해야만 한다. 주역은 물과 불의 상극 관계를 인장하면서 상극이란 말을 대신해서 불의 극성함을 물이 막고, 물의 극성함을 불이 막는다는 절제와 조정의 기능으로, 또 지나침과 모자람을 서로 돕는 상보의 관계로 물, 불의 관계를 말한다.

우리말 ㅁ(물음) ㅂ(불쿰) ㅍ(풀림)의 상보相補 3단계로 사람과 사물의 인식과정의 예이다. 퇴계 선생의 열두 살 때 일화다. 한 날이었다. 어린 퇴계가 논어 자장편子張篇 정이천의 주석을 읽다가 '모든 일의 옳음이 이理입니까'라고 숙부 이 우에게 물었다. 어린 조카의 큰 물음을 받은 숙부 이 우는 3일의 말미를 달라고 했다. 그리고 퇴계의 물음에 답하기 위해 3일 동안 ㅁ(물음) ㅂ(불쿰) ㅍ(풀림) 우리말 3단계 과정을 스스로에게 적용하고 터득한 사흘 후 숙부 이 우의 답이었다. 이 를 붙잡고 정밀하게 대하는 너의 학문적 열심이 장차 큰 학자로 만들 것이다. 이 우는 먼저 세상을 뜬 형을 생각하며 퇴계의 손을 두 손으로 다짐하듯 잡고 답을 주었다. 숙부의 말처럼 퇴계는 우러름敏의 신유학 지평을 열어 학행일치라는 퇴계철학을 정립하여 세계에 널리 알린 우리나라 대학자가 되었다.

김월준의 '우린 뭘 묵고 사노'라는 직설적 물음의 시를 읽다가 필자는 〈우리말로 철학하기〉의 다석 유영모의 ㅁ, ㅂ, ㅍ의 철학에 대입해보았다. 사람이 다른 동물과 다른 것은 물음을 가지고 있는 존재요, 물음을 받았을 때 그 물음의 답을 주기 위해 입에 그 물음을 넣어 불쿰으로 그 풀림을 말하는 존재가 사람이다. 이처럼 물음, 불쿰, 풀림의 3단계를 기다리는 가르침을 주는 어른으로 우리 사회 여러 분야 원로들이 필요하다. 시단에서도 '우린 뭘 묵고 사노'시인 김월준의 직핍直逼 같은 시처럼 시단의 질정을 위한 원로시인들의 쓴 소리가 필요함을 느꼈다.

3. 고향, 그리고 크고 부드러운 손

고향에 대한 간절함으로 추회追懷의 시와 김월준의 오늘까지 〈꿈꾸는 나무〉의 시인의 정신적 자양분이 되고 되었던 어른으로 시인들과 만남을 살펴보려고 한다. 먼저 추억과 수구초심으로 고향의 그리움이다.

이 지상에 하나뿐인 경주 황남동에 갔더니
어릴 적 자취는 하나도 없었다
엄마가 성 밖에서 시집 올 때만 해도
황남동을 중리라 불렀었지
중리는 고향마을이다
중리 중에서도 밤숲이다
밤나무가 영글듯 나는 중리에서 자랐다
여름이면 능위에서
산태 타는 즐거움에 해 지는 줄 모르고
단풍이 들 때면 벌겋게 널려 있는
알밤 같은 가을을 줍기도 했었지
도굴 당한 고분 석실 틈새로 들어가
호리꾼들이 버리고 간
토기들을 들고 나와 신나게 던지면
파편이 흩어지는 그 재미에
한바탕 놀이마당을 벌이기도 했었지

　　　　　　　　　　　　　　-〈추억 속에서〉 전문

　수구초심首丘初心의 마음이 담긴 시 추억 속에서는 알밤으로 기
억되는 아버지 고향과 성 밖 동네의 처녀가 중리라는 성안으로 시
집을 와서 시인의 어머니가 된 내력, 세월이 지나고 시인이 찾아간

고향은 알밤이 빠져버린 밤 껍질의 그 가시처럼 변해버린 곳으로 고향 모습을 보여 주고 있다. 필자가 경주를 찾았던 70년 초였다. 그 때 경주시의 시내 많은 집들은 대문을 걸어 잠근 집이 거의 없었다. 그리고 70년 중반 다시 경주를 찾은 한 날이었다.

경주가 고향이며 경주에 살고 있는 대학의 후배가 환한 한옥의 음식점으로 나를 초대했다. 그 때 후배의 말이었다. 상전벽해랄 것까지는 없지만 경주가 전국사람들이 몰려오는 관광도시가 되면서 새로 지은 한옥기와집들 모습은 좋아졌지만 담은 높아지고 대문을 꼭 잠그는 경주가 되었다는 말을 했다. 김월준의 〈추억 속에서〉는 천 년의 고도 경주에서 태어나고, 지금 황남동을 중리라고 부르던 시절 성 밖에서 시집 온 어머니 품에서 자랐다. 지금 우리들 고향 거의 가 그렇지만 시인의 어릴 적 추회와 더불어 천진무구의 모습이 잘 드러나 있는 시다. 다음은 크고 부드러운 손으로 은유된 세 시인을 다루고 있는 세 편의 시이다.

대한석탄공사 사가社歌를 부를 때마다

목월 선생 생각이 절로 난다

일천구백육십칠 년

내가 대한석탄공사 홍보담당으로 있을 때

사가를 만들기 위해

전국에 사가 노랫말을 공모하였으나

마땅한 작품이 나오지 않아

"선생님께서 사가 노랫말을 지어주시죠"
내가 청탁을 드렸더니
"탄광을 알아야 지어주지"
"그럼 좋습니다"
"현장에 모시고 가서 일일이 설명해드리겠습니다"
"그럼 좋아"하시며 쾌히 승낙하시기에
그 뒤, 목월 선생과 함께 남한 최대의 탄광인
대한석탄공사 장성광업소에 내려가서
지상에서 지하 수천 미터 땅속 깊숙이 있는
채탄, 굴진 막장까지 보시고
지열이 섭씨 삼십사오 도를 오르내리는
무더운 굴 속에서
그것도 탄가루가 앞을 가려
지척마저 분간 못할 극한상황에서
자연에 과감히 도전하는
탄광근로자들의 억센 모습을 보시고
이 사람들이야말로 진정한 애국자들이라고
극구 칭찬하시면서 노랫말을 써 주신 것이
오늘날까지 부르고 있는 석탄공사 사가다
지금도 석탄공사 사가를 떠올릴 때마다
목월 선생 생각이 절절하다

-〈목월 선생〉 전문

추억의 징검다리라고 할까, 마을 입구 늙은 느티나무의 그리움이랄까, 김월준의 시에 영향을 준 시 3편을 고르고 그 느낌을 써보았다. 먼저 목월 선생이 지은 대한석탄공사 사가의 경우다. 주제 중심이나 현장시는 현장체험이 있어야 절실함이 묻어나는 시가 된다. 목월 선생이 노동의 현장을 걸어보고 지은 대한석탄공사의 사가社歌가 그렇다. 그래서 사가지만 이 시는 노동의 현장과 정황이 서정의 시로 탄생하는 과정을 보여 주고 있다.

윤사월, 청노루, 나그네 등 목월 선생의 시 서너 편쯤 시인들이나 사람들은 외우고 있을 것이다. 목월 선생의 많은 시들 중에서 예수의 지상에서 삶을 크고 부드러운 손으로 은유한 시가 있다. 이 시의 내용처럼 목월 선생 또한 큰 눈과 두터웠던 두 손 다정다감했던 미소의 시인으로 문단에 널리 알려져 있다. 대한석탄공사의 사가의 내용을 잘 담기 위해 목월 선생은 수백 미터 지하 탄광의 갱도를 걸었듯이 목월의 시에 대한 성실한 태도와 마음씨, 그리고 대학 교수시절 문하생들을 아꼈고 사숙私淑으로 선생의 시를 배우려 했던 제자들을 각별히 돌봐준 분이셨다. '크고 부드러운 손'은 선생이 세상을 떠난 뒤 목월의 제자들이나 후학들의 목월 선생을 생각하며 그리워하는 말이다.

"천년을 산다고 해도 /성자는 아득한 하루살이 떼"라고 /
시 〈아득한 성자〉에서 노래한 당신은 /진정한 시詩와 성聖
을 함께한 시성, /영원한 시성詩聖입니다.

부디, 극락왕생하소서!

-〈큰 스님〉 전문

흔히 세상에서는 물질의 빈궁과 정신의 가난을 혼용해서 쓰지만 고등종교에서는 빈궁과 가난을 구분해서 쓰고 있다. 예컨대 예수의 가르침 중에서 황금률이라 하는 산상수훈의 심령이 가난한 자는 복이 있나니 천국이 그들의 것이라 한 구절이 그렇다. 산상수훈山上垂訓을 지켰던 한 예로 북한에서 많은 기독교 신자들이 공산정권을 피해 남한으로 피난을 할 때 조만식 선생은 남하하지 않았다. 고당 조만식 선생의 말씀과 태도다. 아직 피난가지 못한 이들이 많은데 어찌 나마저 도망가겠는가, 선생은 머리에 흰 수건을 동이고 북한에 남아 복음을 지키다가 죽음을 선택했다. 이것이 정신의 가난을 풍요로 바꿔 주는 정신의 풍요로 신앙의 힘이다.

감옥에까지 물레를 들고 가서 간디로 하여금 물레를 돌리는 일을 쉬지 않았던 마하트마 간디의 무저항의 저항이 그렇다. 한편 석가의 경우다. 석가는 설법을 하기 전 모인 청중들 먼저 둘러보았다. 그리고 모인 사람들 중 가장 슬픈 얼굴의 한 사람을 고르고 그의 눈가와 입술에 웃음이 돌 때까지 즉 정신적 가난이 없어질 때까지 설법을 멈추지 않았다는 말이 전해온다. 석가 또한 정신적 가난과 빈궁을 구별해 그것을 잊게 하거나 해결하려 많은 설법을 했었다.

한 날 무산霧山 조오현 시인과 친분이 있었던 김월준 시인의 말이었다. 큰 스님이며 시인으로 87세로 열반에 드셨던 조오현 스님의 삶법에 대한 일화이다. 시인이며 스님이었던 생전의 그는, 성서의 오른손이 하는 것을 왼손이 모르게 하라는 말씀처럼 전국의 빈궁한 문인들을 많이 도와준 분이라 했다. 그래서 필자는 바른 성령^{聖靈}의 소유자로 수사나 승려 그리고 시인의 외모는 빈한해 보일 수 있지만 그들의 마음은 결코 가난하지 않다는 것이다.

테레사 수녀의 빈궁한 외모와 그러나 정신적 풍요가 그렇고, 아프리카 우간다에서 봉사하다 세상을 떠난 '울지 마 톤즈'의 주인공 이태석 신부가 그렇다. 이런 선한 삶의 태도 때문에 사람들 속에는 성령이 살아 움직이고 천국이 자리하고 있다고 한다. 시인들 또한 이와 마찬가지 성령으로 시심^{詩心}을 가지고 있다. 문단 일각에서는 시인이 너무 많다고 한다. 그러나 우리의 정치나 사회 현실을 볼 때 시인이 많다는 것은 국회의원을 비롯하여 지방의원이라는 사람들과 정상배가 많다는 말씀보다는 더 좋고 낫지 않겠는가,

알참과 가난으로 선한 마음의 소유자들에 대해 현재 선생의 말씀이다. 일본의 한 곤충학자가 실험한 하루살이의 생태와 삶을 비유로 말을 했다. 하루살이는 기껏 2, 3일 길면 5, 6일 정도 산다는 것이다. 하루살이의 입은 너무 퇴화되어 먹이를 섭취하는데 적합하지 않고, 위를 열어보니 거의 공기뿐이었고 알만 뱃속에 가득 차 있었다고 했다. 이런 생명으로 앎의 알이 꽉 찬 사람다운 삶을 현재 선생은 '하루살이 깨끝'이라 했다. 현재 선생은 하루 한 끼니로 평생을 살았다. 얼 넋의 시인의 삶, 또한 '하루살이 깨끝'이라서

현재 선생은 시인을 좋아한다고 했다. 추측컨대 큰 스님이며 시인이었던 조오현 스님도 하루 한 끼니의 밥이 많았으리란 생각이다.

> 경주 쪽샘에 가면
> 청마 선생 말씀이
> 아직도 살아있다
>
> 어느 날 누군가 술자리에서
> 청마 선생께
> 술을 즐기시는 이유를 물었더니
> "술은 마음을 세탁하지"하시던
> 대인大人다운 말씀이
> 그 호탕한
> 웃음소리와 함께
> 술자리의 명언이 되어,
>
> 아직도 살아 있다
> 경주 쪽샘에 가면
>
> 　　　　　　　　　　　　　　　　　　　　 -〈말씀〉 전문

필자도 부산에서 두 번 청마 선생을 뵌 적이 있다. 청마 유치환

선생은 대인大人다운 소탈함으로 많은 시인들의 표상이 된 분이신데 김월준의 스승이기도 하다. 선생의 젊은 시절 일제가 내선일체, 황국신민, 창씨개명을 강요할 때 훌쩍 가솔과 더불어 만주로 떠나셨다. 만주를 방랑하던 시절 청마 선생은 목숨을 담보로 〈생명의 서〉 등 절창의 시를 쓰셨다. 필자의 생각에 청마 선생의 이런 남다른 제가齊家와 치국으로 나라 사랑하는 법이 필자의 생각이지만 애국시의 한 절정으로 〈울릉도〉를 써서 남긴 이유라고 생각한다.

김월준 시인은 청마 선생과 소설가 동리 선생 집안 혈통을 이은 시인이다. 때문에 성령으로 김월준의 시 정신은 청자항아리 빛과 아울러 제삼무대와 검은 꽃으로 보는 현실인식이 그의 기저를 흐르고 있다. 그래도 그래야 함으로 시인은 나무로 출발, 지금은 체로금풍의 겨울나무로 서서 시인의 사명을 다하고 있다. 프랑스 시인 이브 본느프와는 시인은 숲 속 나무처럼 밤을 지키는 증인이라 했다. 증인으로 시인 김월준은 뿌리를 깊이 땅에 내린 나무요, 매듭과 가지를 그리고 꽃과 열매를 하늘에 맺음으로 나무의 시인이다.

4. 나의 언어와 숲으로 가자의 시 세계

이젠 더
입을 열게 하지 말라

함묵의 심연으로 가라앉은
이성의 앙금

언젠가
화려한 시대를 만나
비상할 그 날을 기다리며
안으로 다스린 불타는 집정執政

승리도 패배도 없는
이 끝없는 도정道程에서

이젠
그만 잠들게 하라

그 날이 올 때까지
나의 언어여.

–〈나의 언어〉 전문

시와 언어와 시인의 관계를 한서 예문지는 시언지라 했다. 시는
마음의 뜻이 언어로 표현한 것이라는 시언지詩言志에서 자구字句로
시詩는 말씀 언言과 모실 시寺가 합해 된 것이다. 언言은 입 구口와

매울 신辛으로 되어 있다. 신辛은 죄 또는 형벌의 의미하고, 언言은 입으로 죄를 지어 형벌을 받지 않도록 조심하라는 것이다. 나아가 언言은 돼지머리 두亠와 두 이二(陰陽)와 입 구口의 합으로 하늘의 뜻이 음양으로 만나 입으로 전해지는 말씀이라고도 풀이된다. 때문에 언言은 하늘의 말씀인 천언天言이나 진리를 깨우친 성인의 말씀으로 사용되었다. 시언지의 뜻志을 주역 계사전은 수사입기성修辭立其誠이라 했는데, 시 정신으로 뜻志은 시인이 말을 골라 그 뜻을 일깨운다. 또 깊은 뜻을 집어넣기 위해 말을 고른다는 두 가지의 뜻이 있다.

한편 일상의 효용으로 시는 그리스나 로마시대 권력자들 앞에서 시를 읊었던 음유시인들 경우도 있었고, 중국 시경이나 신라의 향가들 중 처용가, 원왕생가, 해가사 등은 기원의 주문呪文 또는 주술의 성격을 지녔다. 시인들끼리 방담이기도 하지만 우리말로 신神을 길게 발음하면 시--이--인이 된다. 때문에 신과 시인은 동일음이 되고 그런 착각을 할 때도 있다. 그러나 J.E Flecker의 "시인의 임무는 인간의 넋을 구원하는데 있는 것이 아니라 구원받을 가치가 있는 것으로 인간을 만드는데 있다"는 말에도 귀를 기울일 필요가 있다.

한서 예문지의 시언지詩言志를 실존철학자 하이데거의 '존재와 시간'에 대입해 보자, 하이데거가 남긴 유명한 말이 언어는 존재의 집이다. 그러나 실존철학자 하이데거는 도가도비상도道可道非常道라는 말로 존재가 언어 안에 갇히는 것을 경고했던 노자를 존숭

했고 노자의 서구어로 번역된 도덕경을 29권이나 가지고 있었던 철학자였다. 그러니까 하이데거는 노자의 도가도비상도道可道非常道란 말을 역설적으로 수용하여 "언어는 존재의 집"이란 명제를 끄집어 낸 사람이다. 나는 김월준의 시 〈나의 언어〉라는 시와 함께 시인들이 구사하고 해야 하는 시어 문제에 하이데거의 언어에 대한 생각을 적용해 보려한다.

하이데거가 장미꽃을 비유로 존재자에 접근한 방법이다. 장미꽃 한 송이가 피어 있다. 장미꽃은 이유가 없이 그저 핀다. 사람들이 보든 말든 문제를 삼지 않는다. 장미꽃은 존재하기 위해 자기를 꾸밀 필요가 없고 꾸밈으로 자기가 존재하는 근거를 밝힐 이유도 없다. 이유란 주관이 객관에게 부여하는 근거를 말한다. 그저 존재자로 있기 때문에 장미에게는 주관도 객관도 없다. 어찌 생각하면 인간도 이유가 있어 사는 것이 아니라 그저 살고 있다. 존재가 근거 자체일 뿐이다. 무엇을 위해 사는 것이 아니다. 살기 때문에 사는 것이다. 존재 자체는 자기 자신을 근거로 할 아무 근거도 없다.

장미는 때가 되면 이유 없이 핀다. 피는 자체가 피는 이유요 근거다. 이유 없이 피어나는 이 출현을 하이데거는 '존재의 유희'라 표현한다. 인간도 한 포기의 장미꽃이다. 그런 의미에서 인간도 존재의 유희다. 그러나 하이데거는 존재의 인간을 현존재라 한다. '현'은 존재의 피어남을 의미한다. 존재의 피어남이란 존재의 밝아짐이다. 밝아짐으로 죽음을 묻는 존재자로 인간을 하이데거는 하늘과 땅 신들과 대등하게 인간을 취급하는 이유라 한다. 즉 인간은 식물이나 동물처럼 전체 존재자에 속하지만 인간만이 존재와 통할 수 있고, 존재를 물을 수 있고, 존재에게 응답할 수 있는 말씀의 집으로 존재라 했다.

하이데거는 언어는 존재의 집의 근거를 성서 요한복음 1장 1절의 로고스라 한다. 로고스는 본래 존재라는 뜻을 포함하고 있기 때문이다. 존재는 인간에게 묻고 말하고 요구하고 명령함으로써 존재하고 인간도 존재에게 응답함으로써 존재하고 존속된다. 인간은 존재에게 양도할 줄 알고 존재는 인간에게 양도됨으로써 서로 참다운 자기가 될 수 있다. 하이데거는 이처럼 인간의 본질은 존재와 통하는 것이요, 인간의 자유는 아집을 버리고 존재의 빛과 진리 속에 나서는 것이라 했다. 하이데거는 이런 인간의 현존재를 실존이라 불렀다. 이것이 현존재로 인간이요 시인의 삶이다.

시인의 시야말로 존재의 열림이요, 세계의 열림이요, 존재와 인간이 접촉되는 곳이다. 때문에 말씀의 깊이와 존재의 빛이 나타나는 말씀의 세계가 시요, 존재의 집인 말씀 속에서 인간이 사는 것을 다듬는 것을 시상詩想이라 했다. 시를 짓는 일이 그대로 존재의 집에 사는 것이요, 존재에 대한 응답이다. 시상詩想은 근원적인 존재에 대한 사색이요 존재에 대한 사색이다. 존재의 사색은 인간이 존재의 소리를 들음으로 가능한 사색이다. 때문에 영감 없이는 시도 없고 사색도 있을 수 없다. 영감이 사라진 현대인은 사색을 귀찮아한다. 그러나 사색을 통해서 존재를 드러나게 하기 때문에 시인과 철인의 사명은 중요하다.

데카르트의 "나는 생각한다 고로 존재한다."는 주관주의는 완전히 존재망각으로 존재망각은 넓은 길의 평균화, 대중화, 기계화로 걸어가는 미혹에 빠지게 했다. 그 길은 결국 파멸이라는 것을 간파한 하이데거가 우리에게 보여 주는 길은 시인과 철인들이 선택하는 좁은 존재의 산 길이다. 그는 시인 릴케와 횔델린의 시를 분석해 읽으면서 존재의 새로운 역사를 쓰기 시작했다. 하이데거의 《존재와 시간》이란 책의 탄생이다.

대여大餘 김춘수 시인이 세상을 떠나기 넉 달 전쯤 늦여름이었다. 필자는 대여 선생님 분당 정자동의 집을 찾아가 뵈었다. 나는 그때 〈비아 돌로로사〉란 연작시를 구상, 집필하려했던 때로 대여 선생님의 시집 〈들림 도스토에프스키〉의 집필 동기에 대한 말씀을 듣기 위해서였다. 선생님 혼자 계셨던 "빈탕 한데"처럼 아파트의 거실, 거실의 벽에는 탈공예가 천재동의 탈바가지 하나가 덩그렇게 꽃이란 선생님의 시처럼 걸려 있었다. 안부도 여쭙고 시에 대한 얘기도 듣고, 혼자 살아남아 있음의 얘기까지 들려주었다. 사람들은 꽃이 선생님의 대표작이라고 하는데 그렇습니까, 라는 물음에 김선생도 그렇게 보았어요 하면서 웃었다.

60년 시력 시인 김월준은 / 언젠가/ 화려한 시대를 만나// 비상할 그 날을 기다리며/ 안으로 다스린 불타는 집정執政//그 날이 올 때까지/ 나의 언어여/라 했다. 필자는 시인이 쓴 〈나의 언어〉의 해설과 함께 하이데거가 말한 존재의 열림을 담당하는 시인의 사명을 확대하여 살펴보았다. 왜냐하면 지금 우리 시단은 하이데거가 릴케와 휠덜린의 시를 읽은 것이 계기가 되어 그의 명저 《존재와 시간》을 쓴 것처럼 유학이 말하는 所以然(존재)에 한 所當然(실존)으로 시인이라면 각자의 입장이 있어야 한다는 절실한 생각이 들었기 때문이었다.

5. 생태복원의 복락원으로 숲

오늘도 나는 목이 간지럽고 기침이 나와 집안의 그것도 내 방에 박혀 있다. 아마존 강가의 밀림은 지구의 허파라고 한다. 그 허파가 사람의 편리를 위한 개발이란 이름으로 해체되고 있다. 우리 또한 국토의 70%가 산이라 하지만 우리와 이웃 큰 나라 사람들의 이기리利己利의 안락과 편리를 추구하는 생활의 결과 미세먼지로 지금 나도 한 달째 가릉거리는 고양이의 숨소리가 되어 있다. 이런 환경파괴의 절실함을 실감하며 시집 제목인 〈숲으로 가자〉를 살펴보자.

숲으로 가자
나무들이 손짓하고 있지 않나!

잎이란 잎은 죄다 떨구고

매서운 하늬바람,

진눈깨비 속에서도

알몸으로 모질게 견뎌온 나무들이

이른 봄날

파랗게 물든 꽃말들을 터트리더니

어느새

그 꽃말들이 무럭무럭 자라서

이제는 싱그러운 깃발을 흔들며

환호하는 저,

울울창창한

숲으로 가자

가서,

장수하늘소 호랑나비 잠자리와도 놀아 주고

뻐꾸기 소쩍새 딱따구리 독수리 황조롱이 산비둘기……

새들의 이야기도 들어주며

호랑이 반달가슴곰 늑대 너구리 여우 고라니

산토끼 다람쥐 청설모 족제비와도 사귈 수 있는

저 풀향기 진동하는

숲으로 가자

가서, 보면 안다

숲은 우리들 생의 얼굴이다

-〈숲으로 가자〉 전문

　　필자는 김월준은 시 정신과 시 세계를 이미지라는 말보다 성령
性靈이란 말을 통해 그의 시를 말했다. 시집의 제목을 〈숲으로 가
자〉라 했기 때문이다. 왜냐하면 시인들은 성령으로 시 속에 숲을
가져야 하고 그러기 위해 숲으로 가자고 시인은 권유형의 어미를
쓰고 있기 때문이다. 계절을 따라 변화무쌍함으로 그러면서도 그
러나 불변으로서의 숲, 시인은 숲에 시인의 공화국을 만들고 싶어
한다. 시를 몇 번 소리 내어 읽었다. 시를 읽을수록 도도하고 싱싱
한 리듬이어서 숲의 행진곡이란 느낌을 받았다. 그리고 유엔이 개
원하던 날 읽었다는 성서 이사야 11장의 정경이 눈앞에 펼쳐졌
다. 또 심 훈의 '그날이 오면' 박두진의 '청산도'란 시가 떠오르면서
푸른 핏줄과 붉은 살점으로 김월준의 생명의 힘으로 시 정신을 감
득했다. 때문에 시 〈숲으로 가자〉는 젊은 한류 아이돌 남녀가수들
이 혼성 랩으로 부른다고 해도 안성맞춤의 가락이란 생각이 들었다.
　　필자가 이 시를 읽으면서 떠올렸던 UN이 개원되던 날 낭독되
었다는 이사야 11장 5~9 말씀이었다. 공동번역 성서를 통해 그
부분을 읽어 옮겨 본다. /그는 정의로 허리를 동이고/성실로 띠를
띠리라/그 때에 늑대가 새끼 양과 어울리고/표범이 수 염소와 함
께 뒹굴며/새끼사자와 송아지가 함께 풀을 뜯으며/어린아이가 그
들을 몰고 다니리라/암소와 곰이 친구가 되어/그 새끼들이 함께

뒹굴고/사자가 소처럼 여물을 먹으리라/젖먹이가 살모사의 굴에서 장난하고/젖 뗀 아이가 독사의 굴에 겁없이 손을 넣으리라/나의 거룩한 산 어디를 가나/서로 해치거나 죽이는 일이 다시는 없으리라/나의 거룩한 산 어디를 가나/ 는 오랜 천주교 신자로서의 시인 김월준, 무엇인가 말씀을 머금고 있는 듯했던 〈숲으로 가자〉라는 시는 시인이 이 시를 쓰는데 잠재적이거나 직접으로 동기가 되었으리라 생각했다.

한 길 후학의 필자는 선배시인 김월준 선생의 시 해설의 부탁에 사양하지 못하고 응낙, 해설이란 이름으로 글을 쓰게 되었다. 나름대로 최선을 다했지만 사실 쉽게 가슴에 와 닿는 김월준의 쉬운 시 세계와 시심의 성령^{性靈}에 덧칠한 꼴이 되지 않았나 하는 걱정이다. 산수^{傘壽}의 나이테, 나이를 연령^{年齡}이라 할 때의 영^齡처럼 지금까지 온갖 먹을거리 씹고 이겨 나를 지켜준 치아에 대하여 〈고맙다, 이야〉라는 심성이 해맑은 선배 시인 김월준 선생이다. 시인의 60 시업^{詩業} 한 길이 사철 큰 나무로 서서 꽃과 열매 그늘을 주었던 큰 시인으로 후학^{後學}의 내 나라 시인들에게 전해지길 바란다.

필자는 펜을 놓고, 컴퓨터 문자판을 덮고, 마음을 씻고 두 손과 눈을 씻고 두 손을 모으며 눈을 감았다. 김월준의 시집 〈숲으로 가자〉를 가슴으로 대하고 읽는 독자들에게 필자의 글이 어지러운 눈길 벌판 발자국이 되지 말고 겨울나무와 봄 숲을 위해서 뿌려진 한 줌의 객토가 되기를 바란다. 서창을 통해 정발산^{鼎鉢山}을 넘어가는 뿌연 서녘 해를 바라본다. 끝으로 해설을 붙이지 않은 선배 시인 김월준의 시 〈일몰의 노래〉를 소개한다.

뉘라 알랴
가슴에 여울 짓는 노래를
뜨겁고 역겨운 입김이
넘실넘실 넘쳐오는
이 찬란한
저녁노을

난 몰라
나는 몰라

가슴에 묻어둔 비망록備忘錄에
퀴퀴한 냄새만 풍기고

공허한 이야기에
숱한 날을 보낸

아, 맹랑한
우리들의 시대
나의 일상日常

오늘은

어떻게 적어야 할까

　　　　　　　　　　　　　　　–〈일몰의 노래〉 전문

　서툰 필치로 앙감질하듯, 산수^{傘壽} 나이테 김월준 시인의《숲으로 가자》시집의 시들을 살펴보았다. 한 민족의 늘 푸른 불과 검은 빛으로 청자항아리와 현실을 인식, 이 두 변을 밑받침하는 체로금풍의 〈겨울나무〉로 오늘까지 시인의 길을 걸으며 살아온 김월준 선배시인의 눈 위의 가지런한 발자국처럼 시 정신과 60년 시의 길을 보고 따라 가는, 후학^{後學} 김 석 쓰다.

숲으로 가자

ⓒ 김월준, 2019

초판 1쇄 인쇄 2019년 4월 15일
초판 1쇄 발행 2019년 4월 30일

지은이 | 김월준
발행인 | 강봉자·김은경

펴낸곳 | (주)문학수첩
주 소 | 경기도 파주시 회동길 192(문발동 513-10) 출판문화단지
전 화 | 031-955-4445(대표번호), 4500(편집부)
팩 스 | 031-955-4455
등 록 | 1991년 11월 27일 제16-482호

홈페이지 | www.moonhak.co.kr
블로그 | blog.naver.com/moonhak91
이메일 | moonhak@moonhak.co.kr

ISBN 978-89-8392-742-2 (03810)

「이 도서의 국립중앙도서관 출판예정도서목록(CIP)은 서지정보유통지원시스템
홈페이지(http://seoji.nl.go.kr)와 국가자료공동목록시스템(http://www.nl.go.kr/
kolisnet)에서 이용하실 수 있습니다.(CIP제어번호: CIP2019009226)」